目　錄

為閱讀升起風帆

每一位家長和老師，都希望看見孩子們從閱讀中，獲得飛速提升的寫作能力。可是，飯得一口口吃，詞得一個個學呀！那麼，寫作能力的提升，有沒有捷徑、有沒有方法呢──如何讓孩子既能快樂閱讀，又能訓練語文，二者兼而得之？

──韋婭老師說，有！

我常在學校邀請的寫作演講中，談及自己兒時的閱讀體會──喜歡做筆記、習慣寫日記，把偏愛的東西收藏在小本子裏……一切看似無意的小動作，成了自己後來水到渠成的書寫能力的扎實基礎。現在回憶起來，其實自己用的方法，不正是我們現在說的學習「捷徑」嗎？

是的，學習「有」捷徑，全在有心人。

我們常說，提升孩子的寫作能力，從閱讀開始，它是一個潛移默化的浸潤過程。閱讀，對於一個充滿好奇心的孩子來說，其實是一件最自然不過的事呀！興趣所在，何樂而不為？可是，當今世界人心浮躁，各種刺激感官的誘惑漫漶於兒童市場。眼花繚亂的萬象，給予閱讀文學帶來的衝擊是顯而易見的，「專注閱讀」似乎成了一件奢侈的事，需要人們來共同努力去維護了。

那麼好吧，讓我們一起攜手，為閱讀升起風帆。

知道嗎？寫作的根本問題，是「思維」的問題。我們常聽老師讓我們多「理解」多「領會」，那麼，我們如何將看到的內容，透過自己的思辨能力，把它說出來，把它變成筆下的文字，來展現你的能力呢？如何在讀完一本文學作品時，對故事有所感觸之際，忽想到，我怎麼會有了這許多的發現？當你沿着逶迤的故事小徑，走過光怪陸離或色彩繽紛的景觀後，你突然閃念：原來寫作並不困難，原來語文的技巧，詞章的傳遞，都在這一本本書頁的翻閱之後，竟水到渠成地來到自己的筆下了！

　　是誰發現了這個小秘密，並試圖將它送到你的手裏、你的眼裏、你的腦海裏呢？告訴你吧，是我們的坐在書本後面的小小編輯！想當年，閱讀，對於那個小小的我來說，是多麼吸引人的一件事！而如今，在你的閱讀中，也像是忽然有位小仙童翩然而至，落在你的肩旁，鼓勵你：好看嗎？想一想，說一說！

　　原來，文學作品的好看，不只因為它情節的起伏，更在於它引人入勝的字詞句章，還有你那透不過氣來的自己的思索！

　　讀一本小作品，獲三個小成效：學流暢表達、懂詞語巧用、能閱讀理解。

　　喜歡嗎？

韋婭

2017 年盛夏

語文小課堂（動詞篇）

老師，什麼叫動詞？

動，就是動作，就是行為。說起動詞，小問號，你馬上就會想到「打」、「摸」、「洗」、「吃」等等與我們的動作、行為有關的詞語，是吧？

是的，動詞嘛，顧名思義，就是有「動」的感覺嘛，比如，吃飯，喝水，這「吃」和「喝」，就是動詞，對嗎？

對呀！我們說話都離不開動詞，除了動作行為，還能表示心理活動、發展和變化呢！來，讓我們來細看一下：
1. 表示動作行為：看，讀，幫助，修理⋯⋯
2. 表示心理活動：愛，想，懷念，感激⋯⋯
3. 表示發展變化：開始，提高，進行，呈現⋯⋯
4. 表示能願：能，會，敢，令，使，可以，願意⋯⋯
5. 表示關係：是，如，有，像⋯⋯
6. 表示趨向：來，去，上來，下去⋯⋯

哦，原來動詞還分類啊！

是啊！還有呢，動詞應用時也有些要注意的地方，就好像我們會說「我不走」、「我沒看」，但不說「我很走」、「我很看」，對嗎？

是啊，這是不是一種說話的習慣呢？

可以這麼理解。表達情感的動詞，我們會用「很」、「非常」等來修飾，比如「很想」、「很喜歡」等。其實，動詞的搭配也存在這種習慣。比如，我們說「穿衣服」、「戴眼鏡」，但就不會說「穿眼鏡」、「戴衣服」。

哦，是的！

語言表達，就是要注意詞語的搭配。比如，表示看的動詞有很多：看、見、觀、望、注視、凝望、仰望、遠眺……這些詞語的意思有點相似，但又各有不同，應用起來有講究。我們不能把「看不見」說成「見不看」，把「走馬觀花」說成「走馬視花」等等。

原來除了習慣之外，更有詞語的搭配問題，那我倒要多多留意啊！

說得對！多閱讀，你的這種動詞語感，就會加強了！讓我們一起來看故事吧！

猜猜我是誰

一　我來自另一個世界

猜猜我是誰？

你一定猜不到的，因為我太平凡了。

哦不，也許你一下子就想到了，因為周圍需要我的地方太多啦——

對了，我是一個膠袋！我來自另一個世界。我頭上閃着光，比燕子還輕盈，比月亮更白淨，我喜歡我自己。我並不知道我媽媽是誰，更不知道我的祖上有過什麼功德——我們可不像人類，他們總喜歡炫耀，什麼我爺爺是誰我爸爸是誰……嘻，我只知道我是從一部機器裏面出來的。我們每一個膠袋，都長得像一個人似的，一個個好光滑，清爽而平整。我一出來就想着自己

將是一個有序社會裏的一員，我與每個膠袋姐妹都一樣平等。當黑洞洞的熱得發燙的機器，把我從輸送帶傳到一位女工手裏時，我的眼前一亮，我意識到，我就是我了。

對，我就是我，我是一個普通膠袋。透明的，皎潔的，我不漂亮，但一點也不醜。我喜歡這樣一個我呀！我單薄的身體微微地顫動着，在女工

手指的摩挲①中，發出細微的聲響。女工的手指十分靈巧，她把我們迅速地排列、摺疊起來，膠袋姐妹們就一個個緊挨在一起，臉貼着臉，背靠着背，結結實實被捆成一卷，整整齊齊地裝入盒子，送上了車。

我有點激動，我知道我就要成為我了——我要成為一個有用的膠袋了！雖然我不知道自己會與什麼人相逢結緣，但我知道自己肯定會被人喜歡。我的乖巧，我的努力——我太想貢獻我的「微薄之力」了！沒有人會不喜歡一個願意為他效勞的人——哦不，膠袋呀！

啊，我多麼渴望成為我自己。我們可不像人類，他們出生時，就只知道哇哇地哭，等到很久以後，他們才會學識字，才會懂道理，才會知道人在享受蛋糕之外，還需要被認可，被需求，被

---

① 摩挲：用手撫摩。挲，粵音梳。

人們愛。哦，從某種意義上說，情感的滿足才是人最大的滿足，對吧？我們膠袋也一樣！

這道理很簡單。我要成為有用的人，不，有用的膠袋呀！

你一定會在心裏嘀咕^①，喲，這隻膠袋，好像挺懂事的樣子，她才出世幾天呀，怎麼懂得這麼多⋯⋯

哈哈，嗯，你問我嗎？等我遲些回答你。

---

① 嘀咕：低聲說話，自言自語。

11

二 急切的等待

　　汽車隆隆，馬達聲響。我站在一卷膠袋姐妹羣中，感覺被送去了一處不遠的地方。隨着「砰」地一聲巨響，我簡直被震得耳朵都有點痛。我看不見外面的情況，只感覺到，自己被緊緊地捲入了一羣膠袋之中，動彈不得。說實話，我是有點累，不是站得累，而是等得累，真叫望穿秋水！我一直想着自己什麼時候可以大展身手呢？想想吧，如果你一直在巴望①着做某件事，而那件事卻始終等不來，你不急得頭皮發麻才怪呢！說實話，我也一直憋②着尿呢！別以為膠袋不用上洗手間──人家至少也需要透透氣嘛！

────────────

① 巴望：期待、渴望。
② 憋：忍住。粵音別。

噓——別説話，有動靜！

真的有人來啦！

「嘶——！」

聽見了吧？有人在拽[①]我前面的姐妹！好多膠袋被拽走了！我説「拽」，是因為我聽見撕膠袋的聲音。每一「嘶」聲，我們前面就有姐妹快樂地叫「到我啦」！再「嘶」一聲，又會有姐妹喊一聲「我走啦」！姐妹們的嗓音都是細微而尖細的，我猜人類是聽不見的——他們只懂得聽自己的聲音。哦，不，可能他們中間有某些人，他們善良而聰慧，願意聆聽動物們、或者説我們這類「死物」的聲音的……

我有點按捺不住了。

「這裏有食物袋哦！」

有人聲！伴着近處隱隱的鼓樂聲。

---

① **拽**：拉、扯。粵音曳。

是戲院嗎？還是音樂廳？或者是——學校？

「咳，蔬菜又漲價了！」

「這些水果好貴哦，應該是空運來的吧？」

「阿婆，這類有機食品，是貴點的……」

「剛剛過了年嘛，年味①還沒有完哦，所以肉呀菜呀，仍然是貴的……」

「哦哦，這錢越來越不經使啊……」

①年味：過年的氣氛。

我聽明白了，我來到超市了！是啊，像我這樣的膠袋，就是用來盛食品的嘛，難怪有人叫我「食物袋」呀！

「阿婆，知道嗎，膠袋又要收費啦！」

「這膠袋本來就收費嘛！五毫子。是加價嗎？難道要一元錢？」

「哦，是這樣的，政府又推出第二期的膠袋收費，四月一日起，所有零售點都禁止派發免費膠袋了⋯⋯」

我的耳朵豎了起來。

三 終於到我了

　　説實話，我不太明白人類的活動。免費派發？那可能是一種商業行動吧——鼓勵人們多些購買食物？抑或出於衛生考量，避免食物污染？不過，無論如何，要從節約出發，因為我知道地球人浪費的東西越來越多了……

　　「不用擔心，聽説有些食物怕被弄污，仍可以免費獲派膠袋的。」她忽然壓低聲，「上有政策，下有對策……」

　　我豎起了耳朵。

　　「哦，肉類海鮮類，都是可提供免費膠袋的吧……」

　　「哈，都由着人説吧，這世道，政策説變就變，在那兒折騰①人呢……」

　　我正尋思着，忽然覺得身子被誰拍了一下，

一陣搖晃。只聽「嘶——」一聲，是一個女人走過，她的動作乾脆利落，我前面的膠袋姐妹還沒有來得及跟我說「拜拜」，就已經被撕走了。

現在，輪到我立在最外層了，終於到我了！第一次暴露在光天化日之下，我一陣欣喜。

眼前一片明亮。蔬菜排列整齊、五顏六色，惹人喜愛。我發現自己的這卷膠袋原來是插在一根柱子上的，來往的人有需要時可以任意抽取。

「啊呀，太好了，到我了！」我大叫了一聲。

剛才那個女人忽地停住步，掉轉身來。

是她聽見我的聲音了嗎——啊，沒可能的！人類無論如何是不能了解我們膠袋的語言的。可是，她分明緊緊盯住我不放啊！

我有點忐忑，是我做錯了什麼嗎？

只見女人忽然走過來，不由分說，「刷刷刷」

----

① 折騰：翻來覆去，引申為折磨。

地迅速拉扯。啊呀，她好用力啊，我們在柱子上迅速地打了幾個轉，只差沒把我們轉暈！

這女人想幹什麼？人家是撕一個膠袋，而她是扯出一輩！

然後，她把我們統統都塞進了她的提包裏！

喂，這，這……

四 遇上爭吵的母女

　　我被揉成一團，完全沒了先前的莊嚴！哼！我努力從縫隙向外望，超市裏燈火通明，人來人往好不熱鬧。我忽地沮喪起來，原打算來世間一展宏圖的，現在竟然一事無成，被囚禁在一個女人的手提包裏！

　　我垂頭喪氣地閉上眼，正迷糊間，忽覺自己被一雙手扯了起來。

　　「阿媽，你拿這麼多膠袋做什麼？」一個女孩子的聲音。

　　「以後膠袋要錢嘛，現在仍是免費的⋯⋯」

　　「哎呀我的阿媽呀，大家都在講環保，你反而拿了這麼多膠袋？」

　　「我會用的⋯⋯」

　　「你簡直是⋯⋯你知不知道，你太不環保

了？」女兒生氣了，她像宣戰似地把我高高地舉起，在頭頂揚了揚。

「以後用膠袋要給錢的呀，無端端要多付人錢……」

「那你少用些，不就行啦？政府徵收膠袋稅無非是這個目的——少用膠袋！唉，你反而要濫用……」戰火味還蠻濃的！

「濫用……不，沒有啊！」女人招架不住了，支支吾吾道。

是晚飯時間，廚房裏傳來鍋碗瓢盆的聲響。想到自己好不容易來人間一趟，如今卻被晾①在了一邊，更有一種被永久擱置的趨勢，真叫我百感交集！唉，掃興……希望有奇跡吧！

忽然，我被女人的手抓了起來。她仍是動作迅速，把我三下兩下地一扯，就往我肚子裏倒進

----

① 晾：放在一邊不理睬，閒置。

一碟濕漉漉的東西，那味道很怪，油膩膩的，我嗆①了一下，好在沒有叫出聲來。

「你倒了什麼？」女人的聲音。

「臭啦，阿媽我跟你講過的，小菜不好放過夜啊！」

「沒有吧，還可以吃的，你……」

「身體健康最重要，隔夜菜莫吃！」

「這有什麼關係，我吃了都沒見死！你這才叫……才叫浪費哩！」阿媽在反擊，為自己剛才的失利贏回一局。

「阿媽，想要不浪費，以後少煮點行嗎？最好吃幾多煮幾多！」

「我都好難明白你們這些後生仔……」

兩母女接下來爭吵了些什麼，我聽不清楚

---

① 嗆：異物進入氣管，或有煙、氣味等刺激鼻腔，因而咳嗽、感到不舒服。

了，而以我一個小膠袋的腦袋，我實在也分辨不出，兩母女的爭辯到底誰是誰非。我只知道自己是一隻想作貢獻的新膠袋，現在裝了一肚子的殘羹剩菜，被扔進了垃圾箱。

抬頭望見垃圾箱外的天空，我知道，我的命運將會是送進去堆填區了。

如果有一次再造工程，我會否再有機會，被開發出來？

期待……

你們發現了嗎？故事裏用紅色標示出來的詞語，都是表示動作、行為的動詞。你們在故事裏還能找到哪些表示動作、行為的動詞？試以故事第一小節「我來自另一個世界」為例，找一找吧！

語文放大鏡：巧用動詞的好處

老師，這篇故事裏面運用了很多動詞呢！例如故事寫道：「**膠袋姐妹們就一個個緊挨在一起，臉貼着臉，背靠着背，結結實實被捆成一卷，整整齊齊地裝入盒子，送上了車。**」這裏連用了六個動詞，不但寫出了膠袋們的狀態，還表現出這一系列動作迅速完成，乾脆利落。

對啊，<u>小問號</u>。運用恰當而豐富的動詞，能使文章多添變化。故事裏的動詞運用還有值得欣賞的地方嗎？

當然有呀！例如故事後面部分提到，膠袋「**如今被晾在一邊**」，這句裏面的動詞是「晾」，我覺得這個動詞用得很好呢！

本來「晾」是指把物件放在通風或有太陽的地方，讓它變得乾燥，例如晾衣服。在這個故事裏的「晾」，則是指膠袋被放在一旁，沒有人理會，讓人感受到一種被「冷落」的感覺。如果改用「放」、「扔」或「擱」也行，但就沒「晾」這麼傳神了。

對對對，就是這種感覺。我們在寫作的時候，可以多花點心思想想該用哪個動詞。

是呀，動詞用得好，可使文章表達更生動、傳神，讀者就更容易投入了。接下來，我想考考你，看你對動詞的認識有多少。你願意接受挑戰嗎？

好！

那我們翻到下一頁的語文遊樂場看看吧！

語文遊樂場

一、下面的部首可以組成哪些動詞？試寫在括號內。

1. 手 —— （ 扯 ） （ 　　 ） （ 　　 ）

2. 足 —— （ 　　 ） （ 　　 ） （ 　　 ）

3. 口 —— （ 　　 ） （ 　　 ） （ 　　 ）

4. 心 —— （ 　　 ） （ 　　 ） （ 　　 ）

二、 下面的句子缺少了哪個動詞？選出適當的動詞，填在括號內。

1. 顯　露　冒

膠袋在燈光下閃閃發亮，它看見那女人的額上（ 　　 ）

出細微的汗珠。

2. 注視　展望　遙看

母女倆因為膠袋的問題而鬥起嘴來，膠袋覺得她們的眼睛

在緊緊地（ 　　 ）着它。

3. 丟失　遺棄　拋開

膠袋為自己可能成為一件被人（ 　　 ）的垃圾而傷悲。

三、下面綠色的字是什麼意思?圈出代表的英文字母。

1. 不約而同

　　A. 約束　　　B. 約定　　　C. 隱約

2. 好學不倦

　　A. 好勝　　　B. 欣喜　　　C. 喜愛

3. 急流勇退

　　A. 退卻　　　B. 告辭　　　C. 衰退

4. 怨天尤人

　　A. 責怪　　　B. 過錯　　　C. 懲罰

四、《猜猜我是誰》講了一個怎樣的故事?圈出代表的英文
　　字母。

A. 記述膠袋的遭遇,指出要妥善使用膠袋,珍惜資源。

B. 記述膠袋的可悲下場,抒發膠袋對自己被濫用的感受。

C. 指出用膠袋須繳交膠袋稅,我們不應隨便浪費金錢。

D. 指出我們不應該與家人爭吵,爭吵並不能解決問題。

小戴維的萬聖節

一　失落的期盼

小戴維盼着這一天已經整整一年了。

想想吧，從去年萬聖節到現在，多漫長的時日啊！去年的鬼節真好玩呀！戴維跟爸爸一起，各人扮了一個吸血女巫，在蘭桂坊的大街上，大搖大擺地行走，只要朝人們大嚷一聲：「Trick or Treat！」那些舖頭的老闆們，就會笑呵呵地端出糖果來，請你吃。路上的行人，更會爭着跟你照相呢！去年的鬼節，令小戴維興奮了一整夜，還拍了許多頑皮搗蛋的相片，搞到第二天上課時，都沒精神啦！

今年的萬聖節會更好玩，因為一班同學仔與戴維約好了，今年要一起約出來，玩它個痛快！

老友<u>彼特</u>還說，他會弄一個最酷的扮相——暫時
保密，不告訴<u>戴維</u>！而<u>戴維</u>呢，早就在心裏盤
算①着這一天如何裝扮了。是骷髏？還是吸血殭
屍？或者畫一個最嚇人的油彩臉？有一天晚上躺

---

① **盤算**：計劃、打算。

在牀上，小戴維忽發奇想——對了，他要裝扮成一個捉鬼的鐘馗！哈，這個念頭在他心裏撲騰撲騰地跳了起來，爸爸聽了，馬上說：好！一口答應戴維，去北京公幹時，就替戴維買一個鐘馗面具回來！哇，把戴維樂得呀⋯⋯別提了！同學仔看到他的裝扮會怎樣讚他呢？而彼特呢，又會怎樣地羨慕不已呢！

嗨，這可真是一個令人期待的節日！

日子一天天臨近，昨天，彼特還對着小戴維洋洋得意地表示，他會給大家一個出乎意料的扮相！頓時，小戴維差不多要將自己的計劃和盤托出了，但他終於忍住了——保密，他要令大夥兒眼前一亮！

但是，誰能想得到呢，天氣預報說，萬聖節這天要下雨！

下雨！下雨，下雨⋯⋯

小戴維急得撓頭——哪有打傘討糖的鬼呢！

二 奇怪的紅蚊子

一早起來，小戴維就在心裏唸：老天爺，你要下雨就早點下吧，可千萬別到了晚上才來搗亂啊！一整天，老天爺都只是陰沉着臉的樣子，沒見一滴雨！小戴維暗自慶幸[1]，哈，說不定呀，不會有雨呢——天氣預報也有預測不準的時候！

下午一放學，大家就急着往家跑，互相叫着：晚上見啊——如果不下雨！

如果不下雨……老天爺，給點面子吧！小戴維在心裏祈求。

傍晚時分，涼風陡然而起，街景迅速地暗淡下來，天色迷濛，老天爺露出怪誕不堪的表情，全然一副哭喪着臉的模樣。小戴維趴在窗上，看

---

[1] 慶幸：因意外地得到好的結局而心裏高興，或感到安慰。

窗外的人影兒，來來去去，匆匆忙忙。

爸爸說，下大雨啦，街上沒有遊人吶！

媽媽說，是啊，哪有打雨傘的鬼呢？

小戴維一動不動。

忽然，一陣狂風，嘩，嘩，嘩……大雨點兒無情地落下來了，落得好痛快，好像急着要把剛吃下去的東西，全都嘔吐出來一樣！

小戴維像洩了氣的皮球，一屁股坐在了沙發上，耷拉着頭。電話鈴聲響起，是同學仔，彼特說：喂，我們……

唉，小戴維已經不想聽了。

小戴維失望極了，一年的心願全泡湯了。

媽媽安慰道：「明天到玩具城，給你買個飛機模型，怎樣？」

爸爸開導他：「明年也有萬聖節，到時更精彩！」

小戴維沮喪地躲進自己的小房間，關起門，

終於忍不住，一個人哭了起來。

　　「怎麼這麼沒有出息？」一個聲音在耳旁說。

　　「誰？」小戴維抬起臉，心中詫異，不由得說：「誰沒有出息了？怎可以無端罵人呢？」

　　小戴維四望。

哦，是一隻蚊子！哎呀，<u>小戴維</u>最厭煩[1]蚊子了！只見這蚊子臉兒紅紅，像剛喝了酒似的，淡紅色的肚子脹鼓鼓的。

只見紅肚皮蚊子輕盈一躍，飛向了雪白的牆壁，牠立定了，伸了伸小細胳膊，又神氣地抖了一下小細腿兒——噢，牠的腿兒細長而柔軟，上面有類似斑馬線花紋呢！只見牠很得意地朝<u>小戴維</u>瞇起眼睛，笑着說：「嘻嘻，你是一個懦弱的人！」

你……這蚊子怎可以這樣無禮！

「不，我不是……」<u>小戴維</u>說，怎可以讓蚊子瞧不起呢？「我沒有哭。」他一抹眼淚。

- -

① **厭煩**：討厭，不喜歡，不耐煩。

三 委屈的眼淚

　　紅肚皮蚊子見狀，善良地一笑，牠並不想戳穿小戴維的掩飾舉動。

　　「哦，哭，算不了什麼，」紅蚊子用一種很理解的口吻說，「誰不哭呢？我們蚊子就經常哭。」

　　蚊子會哭？小戴維忽閃着眼睛，不解地問：

　　「為什麼，你們……哭？」

　　「因為人類總是用噴霧毒液驅趕我們，使得我們無家可歸，沒有一處可停留的地方，所有誘人的食物，都變得十分可疑。親朋戚友傷的傷，死的死，家族成員不斷減少。人類為了自己住得舒適，是想把我們趕盡殺絕呀！唉，我現在已是家破人亡了……」

　　「哎，對不起……」小戴維自責道，心裏升

起一股憐憫之情，他覺得蚊子好可憐。

「算啦，不要替我們惋惜了。」紅蚊子顯出一副寬容大度的模樣，「不過，我們蚊子可從來不曾放棄生命，只要還存着一口氣，就要尋找生路……」

牠似乎意識①到自己有點激動，便停了一下，才說：「其實，哭不等於不勇敢，只看你為什麼哭。」

原來蚊子很明理啊！小戴維連忙說：「今天是萬聖節，本來我……」一想到這件事，小戴維覺得自己的眼淚又要湧出來了。

紅蚊子卻輕輕地揮了揮手，打斷了小戴維的話，好像一切牠都早已知道了：「你失望了，是嗎？」

小戴維使勁點了點頭，眼淚在眼眶裏轉。

----

①意識：察覺，發覺。

「我們常聽説，一個人要闖蕩天下，需要勇氣，」紅肚皮蚊子抬起自己一條細細的長腿兒，在上面舔了舔，然後抬起頭來，慢條斯理地説，「其實，一個人失意時，更需要有接受失望的勇氣。」

「接受失望的勇氣？」

小戴維重複了一遍，眸子裏充滿了疑惑。

「是啊，死了親人，蚊子們需要繼續活下去，這是勇氣；」紅蚊子細聲細氣地説，「但找到誘人的食物，卻要失望地放棄，這也叫勇氣，我們得坦然面對，擦乾眼淚，不哭。」

「哦？」小戴維驚訝得説不出話來。

四 你是老師嗎？

聽蚊子先生這一說，<u>小戴維</u>暗自思忖[1]，覺得那立在牆上的，哪是一隻小小的蚊子呢？牠簡直一位飽經風霜的有識之士！

他不由得抬眼朝蚊子上下左右地打量。

紅肚皮蚊子晃了晃自己細細的喙：「天有陰晴，月有圓缺，哪能想雨就有雨，想晴就天晴，如此這般隨心所欲？一點點不順意，就掉眼淚……這不是懦弱是什麼呢？」

<u>小戴維</u>聽了，不禁對這小蚊子肅然起敬[2]：「蚊子先生，你……你是老師嗎？」

「猜對了。」紅蚊子微微一笑，細長的喙抖動了一下，說，「其實，我說的都是一些常理呀，

---

① 思忖：思量，考慮。忖，粵音喘。
② 肅然起敬：因受感動而恭敬、仰慕。

我們學校的蚊子小朋友都懂得，要鼓起勇氣面對越來越惡劣的環境。唉，可惜，如今我的蚊子小朋友見一個少一個了⋯⋯哦，到點了，我得上課去啦。」

說着，紅蚊子抬起一支前臂，作了個手勢，向小戴維依依惜別①：「祝你明年有一個快樂萬聖節！」然後，朝窗外飛去。

「哎，蚊子老師⋯⋯」

紅肚皮蚊子不見了。小戴維想喚住牠，卻不知道自己為什麼要留牠。他一臉惘然，不明白剛才發生的這一幕，是夢，還是真？恍惚間，一個人愣②在那兒了。

窗外的雨仍下個不停。

咚！咚！

是媽媽在門上輕叩：「小戴維，吃飯了。」

---

① 惜別：留戀，捨不得離別。
② 愣：失神，發呆。粵音令。

　　「噢！」戴維應了一聲，輕步而出，心裏
彷彿藏了一個秘密，那是他與蚊子先生，不，
蚊子老師的約定。他感念①蚊子先生的啟發，明
年⋯⋯他這麼想着，臉上呈現出一股神秘而滿
足的微笑。

　　媽媽和爸爸迷惑不解地望着孩子，他們相互
望了一眼，但誰也沒有刨根問底。只聽小戴維說：

----

① 感念：因感激或感動而思念。

「爸爸，媽媽，我們周末一起去<u>香港動植物公園</u>玩，好嗎？」

　　<u>小戴維</u>這一餐吃得真香啊！夜裏，他做了一個夢，夢見了一隻舉着手臂指揮一羣小朋友唱歌的紅肚皮蚊子⋯⋯

這個故事裏用紅色標示出來的詞語，都是<u>表示心理活動的動詞</u>。除了這些例子，還有哪些是表示心理活動的動詞呢？你們知道嗎？

語文放大鏡：表示能願的動詞

老師，故事裏有些詞語很特別，我不知道它到底是動詞、形容詞還是什麼詞。例如故事開頭提到，商店老闆們「**會笑呵呵地端出糖果來**」，這一句已經有動詞「端」，那麼「會」字是什麼詞呢？

小問號，其實「會」字也是動詞。

它也是動詞？那這個句子不就有兩個動詞了嗎？

是呀！除了「會」字，還有「能」、「要」、「該」、「可」、「願意」、「應該」、「可以」等等，它們是表示可能或意願的動詞，可以與其他動詞連用。

這樣的話，故事中的「**誰能想得到呢，天氣預報說，萬聖節這天要下雨**」這一句，「能」和「要」也是動詞，對嗎？

說得很好。你還知道這一類的動詞有什麼特別嗎？

哦？還有其他特點啊？

「能」、「要」、「願意」等動詞跟一般的動詞有些不同，它們不能重疊使用，例如，我們不會說「能能」、「要要」、「願意願意」。

如果改為「能不能」、「要不要」、「願意不願意」，
就沒有問題了！

全對！語言學習是一件有趣的事。只要稍加留意，很
容易掌握。

哈，這叫潛移默化，水到渠成吧？

沒錯！瞧你得意的樣了，我們一起到下一頁的語文遊
樂場去，看看你有多厲害。

語文遊樂場

一、在以下幾組詞語中，找出一個跟其他不同類的詞語，填在括號內，並在橫線上寫出原因。

例 跑道　　跑步　　奔跑　　逃跑

不同類的是（　跑道　），因為 <u>這是名詞，其他都是</u>

<u>動詞</u>　　　　　　。

1. 思忖　　思考　　思念　　思緒

不同類的是（　　　　），因為這是_____，

其他都是_____。

2. 羨慕　　妒嫉　　秘密　　感念

不同類的是（　　　　），因為_____

_____。

3. 愣　　喙　　蚊　　窗

不同類的是（　　　　），因為_____

_____。

4. 慶幸　　校慶　　慶典　　節慶

不同類的是（　　　　），因為這是＿＿＿＿＿＿＿＿，

其他都是＿＿＿＿＿＿＿＿＿＿＿＿＿＿＿＿＿。

5. 看望　　探望　　失望　　展望

不同類的是（　　　　），因為這是＿＿＿＿＿＿＿

＿＿＿＿＿＿＿＿＿＿＿＿＿＿＿＿＿＿＿。

6. 欣賞　　佩服　　喜歡　　歡呼

不同類的是（　　　　），因為這是＿＿＿＿＿＿＿

＿＿＿＿＿＿＿＿＿＿＿＿＿＿＿＿＿＿＿。

二、把下面的詞語重組成通順的句子，並加上適當的標點符
　　號，寫在橫線上。

1. 他　　從　　一輛　　身邊　　駛過　　汽車　　飛快地

＿＿＿＿＿＿＿＿＿＿＿＿＿＿＿＿＿＿＿＿＿

＿＿＿＿＿＿＿＿＿＿＿＿＿＿＿＿＿＿＿＿＿

2. 小狗　表情　露出　博取　憐憫　希望
主人的　可憐的

_____

_____

3. 盼　就　了　着　剛過　節日　萬聖節
小戴維　下一個

_____

_____

4. 被　得　這個　破壞　歷史遺跡　面目全非

_____

_____

5. 的　都有　不必　自己　他人　優點　羨慕
每個人

_____

_____

三、下面哪句話最能概括《小戴維的萬聖節》的主要內容？
　　圈出代表的英文字母。

A. 小戴維遇到了一隻會說話的蚊子。

B. 一隻蚊子講述了蚊子們的悲慘狀況。

C. 蚊子教導小戴維要有勇氣面對一切。

D. 蚊子告訴小戴維，牠們與人類一樣有情感。

白海豚的悲歌

一 小天使

在白茫茫的大海上，有一羣海豚在自由自在游走着。她們唱着歌，跳着舞，海面上升騰着一片喜慶的色彩。你知道為什麼嗎？原來，她們是在為可愛的妹妹<u>小天使</u>慶祝生日呢！

<u>小天使</u>長得白白胖胖的，她不知道自己為什麼跟哥哥姐姐們不一樣，別人都是皮膚黑幽幽、光亮亮的，而她呢，卻別具一格，一身雪白，就像一朵天上的白雲，落在了蔚藍的海面上，那麼耀眼。也許，就因為這個與眾不同的特點，她才得到眾姐妹的愛護，也得到海豚媽媽格外的疼愛。為此，小哥哥<u>粒粒</u>還抱怨過呢！你聽，他正在說話呢：

「媽媽偏心啊，老是圍在小天使身邊……」

媽媽笑了：「粒粒啊，你是小哥哥，不要跟妹妹計較啊。」

「那我也是最小的弟弟嘛。」

喲，粒粒說得也在理呀！

媽媽轉身過來，解釋道：「知道嗎？小天使她是因為身體有病啊，她的白潔的皮膚，會讓火辣辣的太陽光把她照壞的。」

「噢！」<u>粒粒</u>吐了吐舌頭，連忙不作聲了。

媽媽繼續說：「還有啊，她那白色膚色所泛出的光芒，會讓敵人最先察覺她，媽媽是擔心啊！」

<u>粒粒</u>聽了，大吃一驚，叫道：「真的？那我也要保護妹妹！」

海豚媽媽笑了，嘴角兒彎彎，臉上浮出滿意的神色，她輕輕地唱了起來：

「依喲喂，依喲喂，依喲依喲喂……」

歌聲悠揚動聽，在附近的大小海豚們，飛快地聚攏來，海面上泛起了一陣烏雲般的波浪，她們要慶祝小妹妹<u>天使</u>的生日啊，大家一起唱起了歌，歌聲傳得很遠。

「依喲喂，依喲喂，依喲依喲喂……」

二 人類的朋友

哥哥猛地一躍而起，跳出了海面，在空中畫了一個大大的弧形，噢，太漂亮了！小弟弟粒粒也模仿着哥哥的姿勢，用力將尾巴一劃，蹬出了海面。他小小的身子輕盈如翼，雖然黑色的弧線劃得比哥哥要小一點兒，可是非常靈敏，動作優美，大家都熱烈地鼓起掌來了。海面上騰起一片喧嘩。

咚咚咚，咚咚咚！遠方的岸邊，傳來漁人敲鼓的聲音。

「媽媽，那是什麼聲音啊？」小天使仰首問道。

海豚媽媽凝目遠眺，耀眼的陽光令她不由得瞇起了雙眼：「哦，那是一個叫和歌山的地方呀！漁人們要過新年啦，正在鼓樂聲中慶賀呢！」

「媽媽，漁人是我們的朋友嗎？」小天使又問。

「是的，人類與海豚是好朋友。」

「媽媽，人類是會捕殺魚類的，媽媽不是曾告誡過我們嗎？」粒粒疑惑地問。

「嗯，」媽媽似乎被問住了，「人類是以肉為食的，但她們不吃狗呀，因為狗是人類的好朋友。」

「那人類也把我們當作好朋友，媽媽是這個意思嗎？」

媽媽笑了，「是呀。我們的爺爺曾拯救過落海的人呢，小船遇險了，那狂風啊……」

　　「聽過啦，聽過啦，」小哥哥粒粒嚷了起來。「後來爺爺把那個落海的人，駝在背上，一直送到了海岸邊，對嗎，媽媽？」

　　海豚媽媽的尾巴在水中輕輕搖曳着。

　　是啊，狗會救人，海豚也會救人，所以與人類是天然的好朋友呢！小海豚們唱着歌，跳呀跳呀，一點也不覺得疲倦。

三 可怕的摩托艇

太陽像一朵新年的彩球，慢慢地向下滑去。在海的盡頭，夕陽降下了最後一道光線，在海平面上輕輕地一躍，終於，沒①入地平線，不見了。

黑夜來臨了。

「太陽要睡覺了，寶寶也要睡覺啦！」媽媽說道。

風嗚嗚地吹起來，天好冷啊，冬天的夜晚，海面上風格外地強烈，遠岸也害怕了，在冷颼颼的風中顫抖。

忽然，海面上開始了不平靜。

這是什麼聲音，巨大的聲浪令人害怕。不遠處的海面上，突然出現了海船，不，那不是普通

---

① 沒：沉沒。

54

的船，那是人類的摩托艇。機器聲逼近了，隆隆的馬達聲震天響——他們想幹什麼？

「媽媽！媽媽……！」小天使驚恐萬狀。

「別怕，孩子，媽媽在這兒。」海豚媽媽大聲叮囑道，「跟着我，別離開。」

海豚媽媽的直覺在告訴自己：不幸來臨了。

「孩子們，快跑，能跑就跑，別回頭！」

海豚媽媽用盡平生最大的力氣，呼喊着。她用力地一躍，像箭一樣射了出去，黑暗中，她分不清孩子們究竟跑向了哪裏，她只有一個念頭，要跑出包圍圈，不能任由黑漆漆的摩托艇驅趕，那將是死路一條。

海豚媽媽用力向前划着，用只有海豚家人能聽懂的超聲波，發出着自己的信號，快跟我來，我們一定要跑出這包圍圈……

「媽媽……」

一道白光閃過。海豚媽媽呆住了，她發現自

己最疼愛的小天使，正被人們驅逐着，朝三面圍堵的小海灣而去。

「小天使……！」海豚媽媽禁不住失聲高叫，她奮不顧身地朝孩子的方向游去。

周圍全是聲音，那轟鳴聲席捲了整個海面。海豚們知道，一張巨大的危險的網，已在他們四圍張鋪開。

「媽媽，為什麼呀，發生了什麼事了？」這是粒粒慌亂的聲音。

「粒粒，你也在這兒……」海豚媽媽的心抽
搐着。

　　「媽媽，救救我……」遠處傳來小天使的聲
音。

　　海豚媽媽的心碎了，她感到自己快要窒息
了。

四 血色海灣

「不要怕，他們不會殺死全部的海豚的。他們會放生一部分，也會送一部分去人類的博物館，孩子呀，不用怕……」

海豚媽媽的聲音在一路顫慄。

她看到微微的晨曦下，漁人們正在檢驗他們的戰利品，處處刀光劍影，燈火閃爍之間，海面上漾起一陣嗆鼻的血腥味，那是海豚們的血啊。

血，染紅了，染紅了整個海灣。

海豚媽媽在掙扎着，她急切地尋找，尋找她的親人，她的孩子們。

陡然間①，她發現了一道白色的光，那是她的小天使，正在被捉上船隻。

---

① 陡然間：剎那間、突然間。

「我的孩子……我的孩子啊！」

海豚媽媽悲從中來，但是沒有人聽得到她的聲音。小天使的身影在她的視線裏消失了。她向前游去：「你們也抓我吧，抓我吧！」

紅色的海面，紅色的痛苦，海豚媽媽覺得自己快要死了。

她被巨大的浪頭拋起來，又甩下去。

驅逐艇漸漸地遠去。聲浪隱然。

她的眼前是小海豚天使的笑容，是粒粒在海面上躍起的漂亮弧形，是她的海豚親人們歡快的歌舞。這一切，彷彿還在跟前，可現在全部消解在刀光劍影下的恐怖中了。

她活着，她還活着。可是，她的小粒粒呢，她的孩子們呢，她的最心疼的小女兒天使呢？

天使啊，我心愛的小天使……

她漸漸地後退，漸漸地讓自己沉沒在波濤洶湧的海水下。她下沉着，她再也不願意多看一眼

這殘酷的世界了。

……

海岸邊，一個穿紅衣的小女孩大聲地嚷着：

「爸爸，放走那隻白化小海豚吧！你看，她的媽媽沉下去了，她是太傷心了，太難過了，是嗎？」

「海豚媽媽自殺了，孩子。」漁人説。

「那你們為什麼要殺死她們呢？」

「不知道，那是古舊的習俗。」

海面上一片血色，比小女孩紅色衣裙更鮮艷。

語文放大鏡：動詞與時態助詞

老師，這個故事剛開始時挺歡樂的，一羣海豚「**自由自在游走着**」、「**唱着歌，跳着舞**」，還講到海豚的「**爺爺拯救過落海的人**」的故事。可是後來怎麼會這樣發展啊？

那是<u>日本</u> <u>和歌山縣</u> <u>太地町</u>的漁民的一種舊習，當地漁民每年都有一場大規模圍堵捕殺海豚的活動。

太野蠻了，這種陋習應該取諦啊！你看，故事寫海豚媽媽看到孩子被圍捕，她「**呆住了**」，「**海豚媽媽的心抽搐着**」、「**心碎了，她感到自己快要窒息了**」。這都把海豚媽媽的感受生動地寫了出來，讓人看了倍感心痛。

<u>小問號</u>，你說得很好。能讓讀者身臨其境，感動讀者，這也是運用恰當詞語來寫作的好處。其實這種捕捉海豚的活動，已引起了人們的廣泛注意和強烈譴責。

哦？老師，我發現有些動詞後面跟着一個助詞「着」、「了」或者「過」。這是什麼情況呢？

「着」、「了」、「過」這三個詞語本身並沒有獨立的意義，它們是幫助動詞呈現它的時態的。例如「**唱着歌，跳着舞**」，就是指這些動作正在進行、持續的狀態；海豚媽媽「**呆住了**」、「**心碎了**」等等，動詞後面加上「了」字，表示動作已經完成。

 那麼，「**爺爺拯救過落海的人**」，這句就表示動作已經發生了、曾經有過這樣的事情，對嗎？

 你真棒！接下來，我們到下一頁的語文遊樂場去看看吧！

語文遊樂場

一、 寫出以下動詞的部首，然後找出這個部首的其他動詞例子，填在表格內，寫得越多越好。

	動詞	部首	其他動詞例子
1.	說		評、
2.	逛	辵	
3.	趕		
4.	憶		
5.	眺		

二、圈出下列句子中的動詞。

1. 小海豚在空中畫了一個漂亮的弧形。

2. 她經歷過那場可怕的戰爭。

3. 火辣辣的太陽，損害着白海豚柔弱的病體。

4. 他聽從了海豚媽媽的勸告。

5. 恐怖的漁民正在駕駛船隻捕捉小海豚。

三、選出適當的詞語，填在橫線上，使句子意思完整。

1. 小海豚一身雪白，就像天上的白雲＿＿＿＿＿＿在海面上。

    A. 脫落   B. 陷落   C. 降落   D. 降伏

2. 可憐的海豚媽媽拚命＿＿＿＿＿＿着，希望能拯救孩子。

    A. 呼籲   B. 叫囂   C. 呼嘯   D. 呼喊

3. 一個巨大的海浪，把她＿＿＿＿＿＿了起來。

    A. 丟   B. 拋   C. 摔   D. 揮

4. 她感到傷痛，她的心隱隱地＿＿＿＿＿＿着。

    A. 抽搐   B. 抽放   C. 動彈   D. 動搖

四、下面哪句話是作者創作本故事的主要目的？圈出代表的
    英文字母。

A. 說明白海豚是大海裏的美好的動物。

B. 指出小海豚的舞姿是非常可愛的。

C. 描寫日本人捕殺白海豚的過程。

D. 喚起人們對日本捕殺海豚的舊習俗的關注。

湛藍天空下的小企鵝

一　湛藍的天空

　　莎莎媽媽今天醒得特別早，一種母親特有的感覺在告訴她，揣①了一個多月的小寶貝企鵝蛋，今天該要出來了！

　　那該是一隻怎樣的企鵝蛋啊！

　　她的丈夫沽沽，此刻也醒了，在一旁悄悄問：「親愛的，有感覺了嗎？」

　　莎莎媽媽害羞了，她低下頭去，輕輕地「嗯」了一聲。

　　不遠處的幾位鄰居，不約而同地投來讚賞的眼光：「啊，美麗的莎莎媽媽，我們都等着聽你

---

① 揣：懷着、藏着。粵音取。

的好消息呢！」

　大家笑了起來，快樂不已。要知道，今日有好幾位企鵝媽媽，在等待自己盼望已久的小企鵝蛋，降下來呢。企鵝們心緒不安地等待着，她們竊竊私語，有説有笑。是啊，什麼事能比新生命的誕生，更讓牠們雀躍呢？

　遠方，火紅的太陽正在海平面上冉冉升起了，天湛藍湛藍的，海

浪翻捲着，一波一波地推向岸邊。一羣羣企鵝們撲打着翅膀，朝海邊跑去，他們有的搖擺着肥大的身子，又可愛又笨拙，有的聰明地用肚子貼地，向前飛速地滑去，一下子就搶到了前頭。當大家奔到岸邊時，跑在最前面的，突然剎住了車，因為，海是誘人的，可是，海下面……那兒可是有可怕的海豹啊，或者會不會……水裏突然冒出一條大鯊魚呢？

　　哦呀，不行不行。前面的收住了腳，後面的卻來不及停步，一隻胖得不能再胖的小企鵝，猛地撞在了前頭的小企鵝身上，前頭的沒提防這一

67

着，忽地一個趔趄[1]，「撲通」一聲，掉到海裏去啦！這一下子，大家全樂了：

「快呀，快呀，有小魚呀！」

「快呀，快呀，有小蝦呀！」

「快呀，快呀，有烏賊呀！」

緊接着，一陣如大劇上演似地鑼鼓喧天：「撲通⋯⋯」「撲通通⋯⋯」「撲通通通⋯⋯」

---

① **趔趄**：腳步歪斜，走路不穩。

二 光滑的企鵝蛋

<u>莎莎</u>媽媽望着喧囂的海岸，不由得笑了起來。

忽然，她的臉色變了，溫柔的聲音頓時變得急促不安：

「哎呀，寶寶要來了，要來了！」

<u>沽沽</u>爸爸馬上明白了，立即湊①過身來：「好，<u>莎莎</u>，我準備好了！我接住，勇敢些，我在你身邊！」

一隻帶着母親體溫的企鵝蛋緩緩地來到了人間。哦，這是一隻多麼光潔的小企鵝蛋啊！媽媽小心而緊張地提醒着：「接住了喲，<u>沽沽</u>！」

<u>沽沽</u>當然是最負責任的爸爸了。在大自然

---

① 湊：挨近，接近。

中，動物們幾乎都是由媽媽來孵化後代的，可是
我們企鵝爸爸媽媽們可不一樣，企鵝蛋是由企鵝
爸爸來孵化的。

只見莎莎媽媽把企鵝蛋小心翼翼地，傳遞
給沽沽。要知道，成敗在此一舉啊，一隻剛生出
來的小企鵝蛋，能忍受得住這零下四十度的寒冷
嗎？若是意外地落在冰上的話——哎呀，那可是
會被凍成「冰雕」的呀！你看沽沽爸爸，只見他

胸有成竹地說：「沒問題，來，送到我的腳背上來！」

莎莎與沽沽配合得多麼有默契呀，真不愧是一對好夫妻！

沽沽爸爸將小企鵝蛋輕輕收在自己厚厚的肚子下，捂得嚴嚴實實。現在，寒風再也侵蝕不了小寶貝蛋蛋了。

莎莎媽媽終於舒了一口氣，深情地對沽沽說：

「我要去覓食了，你等着我回來吧！」

沽沽當然明白，莎莎這麼久以來，什麼也沒吃呀！孵化小寶貝的任務自己來接力，但是，莎莎這一去，就是三個多月呢！遙遠的路途，會不會有什麼意外，他不能不隱隱地擔心，因為那些隨時想吞噬企鵝生命的天敵，是無處不在的呀。

「去吧，路上小心，早點回來……」沽沽祈盼着。

遠處，小企鵝們在快樂地玩耍着，他們可以潛入海底一百五十米甚至五百米處呢！有一隻叫英英的小企鵝，據說能屏住呼吸達六十分鐘呢，還剛剛獲得了南極小企鵝國際標準賽冠軍！

三 想飛的小企鵝

「爸爸，媽媽什麼時候回來呢？」

小寶貝取名叫<u>清清</u>，這是<u>莎莎</u>媽媽給她起的名字呢！但是，三個月的時間好漫長啊。<u>清清</u>每天都站在海岸，眺望着遠方，多麼希望早點看到媽媽歸來的身影啊！

「天好冷啊，爸爸，我會感冒嗎？」

「不會的，我們從來不感冒。」

「天要是暖一點就好了。」

「不……孩子，天暖了，冰就會化了，」他疼愛地摸了摸小企鵝，「據說現在每年流失兩千多億噸的冰，南極冰架在不斷地融化……」

「天為什麼會變暖呢？」

「地球生病了。人類總以為，他們才是這地球惟一的主人，他們在競爭中搶奪資源，互

相傾軋[①]，為了各自的利益，破壞甚至揮霍[②]着地球資源⋯⋯」

「冰融化了，我們就會死的，是嗎？」

爸爸沒有作聲。

「媽媽還在途中，她會遇到敵人嗎⋯⋯爸爸，我怕海豹。」

「是的，海豹海獅，還有虎鯨，都是我們的天敵。可是，比海豹更可怕的是⋯⋯人類。」

「為什麼？他們不是很喜歡我們嗎？」

「近年來，很多種類的企鵝族羣在瀕臨絕種，人類為了取得我們企鵝的肉、蛋、羽毛、甚至煉油，而殺害我們⋯⋯」

「爸爸⋯⋯我害怕。」

「別怕，我們藏匿於洞中，有爸爸在，沒人

---

① 傾軋：排擠。
② 揮霍：浪費金錢，過度耗費。

敢傷害你，我的寶貝。」

「要是我能飛就好了。」

「我們企鵝的祖先，原本就是能飛的！」

「真的？」

「是啊！但由於長期處於水陸兩棲的生活，
老祖先們的身體在適應潛泳的演化中，漸漸地失
卻飛翔的能力。瞧，我們短小扁平的翅膀，多麼

便於划水呀！但用作空中飛行卻難啦！尤其是，我們的身軀開始肥胖，在水中能自由穿行，可要想輕盈地騰於天空，哦……」爸爸彷彿沉浸在遙遠的回憶中。

「哦，原來是這樣！這是企鵝的進化嗎？」

「嗯嗯……」爸爸似乎不置可否。

「不，爸爸，」清清俏皮地一笑，「這是退化呀，因為我想飛。」

四 熟悉的身影

天亮了，這一天的天空特別的明亮。

對於小清清來說，這一天是最美麗的一天。

清清忽然覺得，自己長大了。她感到幸運，那個未曾謀面的媽媽，為了生下自己，一個多月沒吃也沒喝，就那樣堅守着孩子的到來。自己最初只是一個光滑的企鵝蛋而已！而耐着性子將企鵝蛋孵化出來的，竟是父親——她親愛的爸爸！

在這段艱難而寒冷的日子裏，爸爸的意志是多麼的堅毅。如果自己這脆弱的小生命失去爸爸的堅守，那⋯⋯該會怎樣？昨晚與爸爸的一席話，爸爸的樂觀和充滿智慧的教導，使小企鵝深深地感動，她的內心充滿了感恩。

「爸爸，謝謝你！」她仰望着爸爸。

「不，孩子，你應該謝謝媽媽。」

「感恩父母！」小企鵝恭敬地説。

「媽媽赴遠方覓食，不但路途艱辛，還要提防被天敵侵襲。」

「我好擔心……」小清清不安地凝望着父親。

「放心，她一定會回來……」爸爸説，「因為媽媽的心裏有你，有我們倆。」

　　小企鵝的眸子裏閃過一絲憂鬱的光，她知道，若是媽媽回不來，她和父親就會餓死的，父親的儲糧已經全部餵給她了。

　　她多麼渴望媽媽的歸來啊！望着天邊的落日，她禁不住呼喚：「媽媽……」

　　「我們一定能等到媽媽回來的！」爸爸低頭拍了拍<u>清清</u>的腦袋，「等到媽媽回來後，就輪到我出去覓食啦！」

　　正說着，忽然，聽到從鄰舍傳來的歡呼的尖叫聲：

「<u>清清</u>呀，<u>沽沽</u>爸爸，你們快看哪，誰回來了？」

小企鵝的心一下子跳了起來。是的，是媽媽，不用猜，她有一種本能，那是一種天然的感應能力——多麼熟悉的身影啊，多麼熟悉的聲音啊，她向自己步來，她攜帶了太多的食物了，搖搖擺擺，似乎有些走不動，也許是她的激動，她太疲累了——

媽媽！

語文放大鏡：表示趨向的動詞

小問號，我來考考你。故事裏提到，企鵝們「**撲打着翅膀，朝海邊跑去**」，這句裏面有哪些動詞呢？

我知道！「撲打」和「跑」都是動詞。

嗯，不全對。

哦？還有其他動詞嗎？

其實「跑去」的「去」也是動詞。它補充說明了「跑」這個動作的趨向。

那麼，「**笑了起來**」、「**等到媽媽回來，就輪到我出去覓食**」等等，這些句子裏面的「起來」、「回來」、「出去」也是動詞嗎？

是的，這都是表示動作趨向的動詞。這些趨向動詞可分為兩類，一種是單音節的趨向動詞，例如「來」、「去」、「上」、「下」、「回」、「進」、「出」等；另一種是雙音節的趨向動詞，例如「上去」、「下來」、「回來」、「進去」、「出來」、「出去」、「起來」等等。

哦，原來這樣。好有趣呢！

語文遊樂場

一、故事裏面有哪些表示「看」的動詞？你還認識哪些表示
　　「看」的動詞？試在橫線上寫出來，寫得越多越好。

1. 故事裏面表示「看」的動詞： 　看、望、＿＿＿＿＿＿ 　＿＿＿＿＿＿＿＿＿	2. 我還知道這些表示「看」的動詞： 　＿＿＿＿＿＿＿＿＿ 　＿＿＿＿＿＿＿＿＿

二、除了上一題提到的動詞，試按照以下分類，從故事中各
　　找出五個動詞例子，填在橫線上。

1. 表示動作行為的動詞： 例 飛翔	2. 表示心理活動的動詞： 例 盼望
(1) ＿＿＿＿＿＿	(1) ＿＿＿＿＿＿
(2) ＿＿＿＿＿＿	(2) ＿＿＿＿＿＿
(3) ＿＿＿＿＿＿	(3) ＿＿＿＿＿＿
(4) ＿＿＿＿＿＿	(4) ＿＿＿＿＿＿
(5) ＿＿＿＿＿＿	(5) ＿＿＿＿＿＿

三、選出適當的詞語，取代下列句子中藍色的詞語，但不影
　　響原來的意思。（圈出代表的英文字母）

1. 企鵝們在**竊竊私語**，她們有說不完的知心話呢！

　　A. 交頭接耳　　　B. 喃喃自語

　　C. 津津樂道　　　D. 滔滔不絕

2. 入侵者在村民憤怒的追擊下，**抱頭鼠竄**，狼狽逃離。

　　A. 虎背熊腰　　　B. 快馬加鞭

　　C. 兵荒馬亂　　　D. 狗急跳牆

3. 他們在教室裏**高談闊論**，不知不覺間，天已經黑了。

　　A. 說來話長　　　B. 談笑風生

　　C. 說三道四　　　D. 聲勢浩大

4. 小企鵝**左思右想**，終於想出了一條妙計。

　　A. 左顧右盼　　　B. 左右開弓

　　C. 前思後想　　　D. 朝思暮想

四、下面哪一項最能代表你閱讀後的感受？試說說原因。（可
　　選多於一項）

1. 原來小企鵝的誕生，需要父母這麼艱辛的付出！

2. 企鵝是人類的朋友。

3. 企鵝有許多的天敵，包括人類。

4. 企鵝與人類一樣，有自己的生存方式。

5. 如果我住在南極，我想在家裏養一隻企鵝。

6. 其他（寫在橫線上）：＿＿＿＿＿＿＿＿＿＿＿

＿＿＿＿＿＿＿＿＿＿＿＿＿＿＿＿＿＿＿＿＿

答案

《猜猜我是誰》故事第一小節

表示動作、行為的動詞例子

答案僅供參考：閃、炫耀、傳、顫動、摩挲、排列、摺疊、挨、貼、靠、捆、裝、送、相逢、貢獻、效勞、哭、嘀咕、問、回答等等。

《猜猜我是誰》語文遊樂場

一、答案僅供參考：

    1. 打 / 拍 / 挑 / 抓等等

    2. 跑 / 跳 / 踢 / 踏等等

    3. 吵 / 吃 / 喝 / 吸等等

    4. 忍 / 念 / 想 / 怒等等

二、1. 冒　　2. 注視　　3. 遺棄

三、1. B　　2. C　　　3. A　　　4. A

四、A

《小戴維的萬聖節》故事以外

表示心理活動的動詞例子

自由作答。

《小戴維的萬聖節》語文遊樂場

一、1. 思緒；名詞；動詞

2. 秘密；這是名詞，其他都是動詞

3. 愣；這是動詞，其他都是名詞

4. 慶幸；這是動詞，其他都是名詞

5. 失望；這是表示心理活動的動詞，其他都是表示動作行為
的動詞

6. 歡呼；這是表示動作行為的動詞，其他都是表示心理活動
的動詞

二、1. 一輛汽車飛快地從他身邊駛過。

2. 小狗露出可憐的表情，希望博取主人的憐憫。

3. 萬聖節剛過，小戴維就盼着下一個節日了。

4. 這個歷史遺跡被破壞得面目全非。

5. 每個人都有自己的優點，不必羨慕他人。

三、C

《白海豚的悲歌》語文遊樂場

一、1. 言；答案僅供參考：讚、記等等。

2. 答案僅供參考：追、逐、送等等。

3. 走；答案僅供參考：赴、趁、趨等等。

4. 心；答案僅供參考：懂、恨、思等等。

5. 目；答案僅供參考：睡、瞧、盯等等。

二、1. 畫　　2. 經歷　　3. 損害　　4. 聽從　　5. 駕駛、捕捉

三、1. 降落　　2. 呼喊　　3. 拋　　　4. 抽搐

四、D

《在湛藍的天空下》語文遊樂場

一、1. 眺望、仰望、凝望
　　2. 答案僅供參考：見、盯、瞄、瞧、觀察、觀看、張望、俯視、
　　　　鳥瞰、環視等等。

二、1. 答案僅供參考：竊竊私語、傳遞、侵襲、揮霍、攜帶等等。
　　2. 答案僅供參考：祈盼、害羞、忍受、喜歡、渴望等等。

三、1. A　　2. D　　3. B　　4. C

四、自由作答。